Dieses Buch gehört:

. . . .

. . . .

3. Auflage 2021

ISBN 978-3-7641-5070-9

Die Originalausgabe erschien unter dem Titel *LasseMaja Detektivbyrå: Simborgarmysteriet* bei Bonnier Carlsen, Stockholm © 2011 by Martin Widmark
Illustrationen © 2011 by Helena Willis
Published in the German language by arrangement with Bonnier Group Agency, Stockholm, Sweden.
Aus dem Schwedischen von Maike Dörries

Umschlag- und Innenillustrationen: Helena Willis
Druck und Bindung: Finidr, s. r. o., Český Těšín
Gedruckt auf Papier aus geprüfter nachhaltiger Forstwirtschaft.

www.ueberreuter.de

Detektivbüro LasseMaja

Das Schwimmbadgeheimnis

Text: Martin Widmark
Illustrationen: Helena Willis

Aus dem Schwedischen
von Maike Dörries

ueberreuter

Museum
M
Museumsstraße
Valleby
Kiosk
Kirchstraße
Post
Post
Gold
Wurst
N
W
O
S
Lassemajas
Hauptquartier

Karte von Valleby
HAFEN
Valleby Blatt
VB RED.
2
Valleby Bibliothek
6
Marktplatz
Hotel
Café
RIO-Kino

HAFEN
Vallebu Bahnhof
BENZIN
Bahnhofsstraße
Kaufmannsstraße
KINDERGARTEN SÖRGÅRDEN
SUPER MARKT
S M
BANK
Kaufmannsstraße
Krankenhaus 1 km
Hospitalstraße
Hallenbad

Die Geschichten spielen in einer kleinen schwedischen Stadt namens Valleby, in der fast jeder jeden kennt und wo mitten im Ort die Kirche steht.

Die Hauptpersonen Lasse und Maja gehen in die gleiche Klasse und betreiben gemeinsam ein Detektivbüro.

Personen

Maja

Lasse

Polizeiinspektor

Ellen Asp
Kassiererin

Katja
Bademeisterin

Rune Andersson
Hotelportier

Racke Bolinder
Kunstspringer

Maskierter Mann

Umkleide DAMEN
Umkleide HERREN
Kasse
Preis-liste
25
25
40
55
45
60
70
22
10
3
6
9
12
15
16
19
22
25
28

Das große Weihnachtsschwimmen

»Frohe Weihnachten«, sagt Maja und bezahlt.

Es ist der erste Weihnachtstag und Lasse und Maja haben sich im Hallenbad verabredet.

Draußen schneit es dicke Flocken.

»Frohe Weihnachten«, sagt Lasse ebenfalls.

»Das wünsch ich euch auch«, antwortet Ellen Asp am Kassenschalter. Es herrscht reger Betrieb im Eingangsbereich. Die Leute klopfen sich den Schnee von den Mützen und Jacken. Kein Einwohner von Valleby will das große Weihnachtsschwimmen verpassen.

»Dann hätten wir gerne noch einen Schlüssel für ein Schließfach«, sagt Lasse. »Wir teilen uns eins.«

Die Kassiererin nimmt Lasses Geld und händigt ihm einen Schlüssel aus.

Maja sieht sich unterdessen ein paar Postkarten an, die an der Glasscheibe vom Kassenschalter kleben.

»Wer ist der alte Knacker auf den Bildern?«, fragt Maja.

»Welcher Knacker?«, fragt die Kassiererin.

»Na, der in der Badehose.«

»Na, hört mal, das ist Racke Bolinder!«, sagt die Kassiererin. »Und das ist nun wahrlich kein Knacker.«

Lasse und Maja grinsen sich an. Die Kassiererin findet den Mann auf den Postkarten offensichtlich ganz toll.

»Seht mal«, sagt sie. »Ich habe sogar ein Autogramm von ihm.«

Sie zeigt auf eine Karte mit einem Mann mit dichtem Schnurrbart auf einem Sprungbrett, der seine Muskeln spielen lässt.

Für Ellen Asp, steht auf dem Foto. *Herzliche Grüße, Racke Bolinder*.

»Ist er Kunstspringer?«, fragt Maja.

Ellen nickt.

»Racke ist schon bei den Olympischen Spielen gesprungen.«

»Ah«, sagt Lasse. »Da muss er ja richtig gut sein.«

»Er kommt heute in unser Hallenbad!«, sagt Ellen und klatscht in die Hände.

»Er kommt nach Valleby?«, fragt Maja.

»Ja!«, ruft Ellen begeistert.

Da geht die Tür neben dem Kassenschalter auf.

PERSONALRAUM steht auf der Tür. Die Bademeisterin Katja kommt heraus. Sie hat den meisten Bewohnern von Valleby das Schwimmen beigebracht.

»Wieso kommt Racke Bolinder nach Valleby?«, fragt Lasse die Kassiererin.

Die Bademeisterin Katja dreht sich zu ihm um.

»Ja, das kann man sich wirklich fragen!«, schnaubt sie. »Was so einer wie er hier verloren hat?«

»Er hat eine Vorführung«, sagt Ellen. »Eine Kunstsprung-Vorführung. Und die möchte ich auf keinen Fall verpassen!«

Da wird Lasse plötzlich von hinten geschubst. Er dreht sich verdutzt um und schaut

Sehenswert!
Racke Bolinder
Kunstsprung-Vorführung
im Vallebybad
25. Dezember 14 Uhr
Personalraum

in das griesgrämige Gesicht von Rune Andersson, dem Portier vom Stadthotel.

»Wollt ihr den ganzen Tag hier rumstehen?«, fragt Rune mürrisch. »Es wollen auch noch andere zum Weihnachtsschwimmen.«

Lasse und Maja gehen zu den Schließfächern neben dem Kassenschalter und schließen ihre Portemonnaies und Handys ein.

»Und wer von uns beiden passt auf den Schlüssel auf?«, fragt Maja.

»Das kann ich gerne machen«, sagt Lasse.

»Aber verlier ihn nicht«, sagt Maja. »Mein Handy ist so gut wie neu.«

»Das wäre auch kein Drama«, sagt die Bademeisterin Katja hinter ihnen. »Wir haben im Personalraum einen Generalschlüssel.«

In dem Augenblick fliegt die Eingangstür auf und ein fast nackter Mann mit Weihnachtsmannmaske tritt ein.

Auf die Plätze ... Fertig ...

Der Mann mit der Weihnachtsmannmaske ist nur mit einer Badehose und Sandalen bekleidet. Große Schneeflocken wirbeln durch die offene Tür und es ist plötzlich ganz still.

»Wer ist das?«, flüstert Maja Lasse ins Ohr.

Lasse zuckt mit den Schultern. Er erkennt den maskierten Mann auch nicht wieder.

»Gibt es hier ein paar brave Kinder?«, fragt der geheimnisvolle Mann mit piepsiger Stimme.

Er hat sich einen Sack über die Schulter geschwungen und trägt eine blaue Badehose mit gelben Kreuzen.

»Gibt es hier ein paar brave Kinder?«, wiederholt er seine Frage.

»Ich bin brav«, sagt ein Mädchen neben Maja mutig. »Aber sag mal, frierst du nicht?«

Der geheimnisvolle Weihnachtsmann beantwortet dem Mädchen die Frage nicht, sondern fragt selber weiter.

»Hat heute Racke Bolinder seine Kunstsprung-Vorführung?«

Ellen nickt.

Da geht der Weihnachtsmann wortlos an der Kasse vorbei.

»Hallo …«, protestiert Ellen. »Sie haben noch nicht bezahlt!«

Der Weihnachtsmann antwortet nicht und huscht eilig in den Umkleideraum.

»Wir treffen uns im Schwimmbad«, sagt Maja zu Lasse. »Behalt den Weihnachtsmann im Auge.«

Während Lasse sich umzieht, hält er die ganze Zeit nach dem geheimnisvollen Weihnachtsmann Ausschau. Ohne Erfolg. Ganz schön unheimlich, der Kerl.

Lasse stellt sich an den Beckenrand und sieht sich um. Der Weihnachtsmann ist nirgends zu sehen. Dafür entdeckt Lasse den Polizeiinspektor. Winkend steht er neben dem großen Weihnachtsbaum.

Das Schwimmbad ist hübsch weihnachtlich dekoriert. Jedes Jahr wird eine große Tanne geschmückt. Grüne, rote, gelbe und blaue Lichterketten werden aufgehängt.

Aus den Lautsprechern strömt Weihnachtsmusik.

»Frohe Weihnachten«, wünscht Lasse dem Polizeiinspektor.

»Selber frohe Weihnachten, Lasse«, antwortet der Polizeiinspektor. »Wo steckt Maja?«

»Sie kommt gleich«, sagt Lasse.

Gleich darauf spaziert Maja aus der Damenumkleide. Sie winkt Lasse und dem Polizeiinspektor zu. Da taucht wie aus dem Nichts der geheimnisvolle Weihnachtsmann vor ihr auf. Lasse sieht, wie Maja zusammenzuckt. Der Weihnachtsmann lacht glucksend. Dann zieht er ein Päckchen aus dem Sack und gibt es Maja.

Maja nimmt das Päckchen und geht zu Lasse und dem Polizeiinspektor.

»Wissen Sie, wer der Weihnachtsmann ist?«, fragt Lasse.

Umkleide
DAMEN
VALLEBYBAD
VALLEBYBAD
Umkleide
HERREN

»Keine Ahnung«, antwortet der Polizeiinspektor.

»Seht mal«, sagt Maja.

Sie hat ihr Päckchen ausgepackt.

»Ein kleines Bild«, sagt Lasse.

»Ein Vogel, der auf einer Wolke sitzt«, sagt der Polizeiinspektor.

»Hübsch«, sagt Maja.

Lasse, Maja und der Polizeiinspektor beobachten den Weihnachtsmann, der im Bad herumläuft und kleine Päckchen an alle Besucher verteilt.

»Was meint ihr beide«, sagt der Polizeiinspektor schließlich. »Wollen wir beginnen?«

Er steigt auf die gekachelte Sitzbank, zieht eine Trillerpfeife aus der Tasche seines Bademantels und pfeift laut. »Liebe Einwohner von Valleby!«, fängt er an. »Willkommen zum großen Weihnachtsschwimmen.«

BRAND-
MELDER
BRANDMELDER
VALLEBYBA

Die Badegäste im Schwimmbad applaudieren und die Bademeisterin Katja stellt sich neben den Polizeiinspektor.

»Ich wünsche allen viel Spaß«, ruft sie. »Aber bitte kein Gerenne auf den glatten Fliesen und im flachen Becken wird nicht getaucht.«

Der Polizeiinspektor zieht ein glitzerndes Abzeichen aus der anderen Bademanteltasche und hält es hoch.

»Jeder, der zweihundert Meter weit schwimmt, bekommt von mir so ein Schwimmabzeichen. In diesem Jahr ist es blau mit Silbertext«, sagt er.

»Oh«, sagt Rune Andersson bewundernd. »Oh, wie schön!«

Er streckt die Hand in die Luft wie in der Schule.

»Kriegt man in jedem Fall so ein Schwimmabzeichen?«

»Wie meinen Sie das, Rune?«, fragt der Polizeiinspektor.

»Ich habe gerade eine Erkältung hinter mir …«, erklärt Rune stammelnd. »Na ja, kann man das Abzeichen vielleicht auch kriegen, ohne zu schwimmen?«

Lasse und Maja sehen sich grinsend an. Sie wissen, dass der griesgrämige Portier aus dem Stadthotel ein leidenschaftlicher Sammler ist.

»Kommt gar nicht infrage«, sagt der Polizeiinspektor streng. »Das Schwimmabzeichen kriegt nur, wer zweihundert Meter weit schwimmt. Keine Ausnahmen! Wenn Sie eins wollen, stellen Sie sich wie die anderen am Beckenrand an.«

Lasse und Maja sehen, wie der Weihnachtsmann hinter dem Polizeiinspektor entlangschleicht.

»Auf die Plätze …«, ruft der Polizeiinspektor. »Fertig …«

Da kommt Ellen Asp von der Kasse in die Schwimmhalle gestürzt.

»Er ist da!«, ruft sie aufgeregt.

Alle Badegäste sehen sie verdutzt an.

»Racke Bolinder ist eingetroffen! Aah!«, seufzt Ellen.

»Endlich!«, ruft der Weihnachtsmann so laut, dass der Polizeiinspektor vor Schreck einen Hopser macht. »Halleluja!«

Maja ist in dem Moment so, als hätte sie die Stimme des Weihnachtsmannes schon mal irgendwo gehört …

Einfach verschwunden

Ein Mann im schwarzen Anzug und mit bauschigem Schnurrbart betritt das Hallenbad.

»Darf ich vorstellen?«, ruft Ellen Asp. »Racke Bolinder!«

»Oje«, flüstert die Bademeisterin Katja. »Was für ein Angeber. Ich verstehe gar nicht, was Ellen an ihm findet. Er hat auf einen eigenen Spind im Personalraum bestanden, weil er sich nicht mit den anderen Badegästen zusammen umziehen will.«

»Halleluja!«, ruft der Weihnachtsmann wieder. »Endlich!«

Der Kunstspringer Racke Bolinder sieht den Weihnachtsmann dankbar an.

»Die Bademeisterin kann Racke nicht besonders leiden«, flüstert Maja Lasse zu.

VALLEBYBAD
Radke Bolinder – Kunstspringer
2
3
4
2
3
4
TIEFE: 3 Meter

»Dafür freut sich der Weihnachtsmann umso mehr über ihn«, sagt Lasse.

Racke geht am Beckenrand auf und ab.

»Dann sind jetzt ja wohl alle da!«, ruft der Polizeiinspektor. »Lasst uns beginnen.«

»Dann schließe ich mal die Eingangstür ab«, sagt die Bademeisterin zum Polizeiinspektor. »Damit keiner unbemerkt hereinkommen kann.«

»Auf die Plätze …«, ruft der Polizeiinspektor. »Fertig … Und los geht's!«

Der Polizeiinspektor bläst seine Trillerpfeife und die Badegäste hüpfen platschend ins Becken.

Lasse und Maja sehen Rune Andersson zögern, ehe er über die Badeleiter ins Wasser klettert.

Während die anderen ihre Bahnen schwimmen, bleibt Rune im flachen Wasser und geht dort auf und ab.

3-Meter-Brett
TIEFE: 1 Meter

Lasse schwimmt neben Maja.

»Sieh mal, dort«, flüstert Lasse mit einem unauffälligen Nicken.

Der geheimnisvolle Weihnachtsmann verlässt gerade die Schwimmhalle.

Kurz darauf ist die Bademeisterin zurück. Sie steckt einen Schlüsselbund in ihre Tasche.

Wenig später kommt auch der Weihnachtsmann wieder in die Schwimmhalle.

Einer nach dem anderen steigen die Schwimmer aus dem Becken. Und alle, die zweihun-

dert Meter geschwommen sind, bekommen ein silberblaues Schwimmabzeichen vom Polizeiinspektor überreicht.

Lasse und Maja setzen sich zum Verschnaufen auf die geheizte Kachelbank. Maja legt ihr Schwimmabzeichen neben sich.

Racke Bolinder steht neben Ellen Asp und flüstert ihr etwas ins Ohr. Maja und Lasse sehen sie lachen. Dann verlässt Racke die Schwimmhalle.

Rune Andersson steigt auch aus dem Wasser. Er geht zum Polizeiinspektor und streckt die offene Hand aus. Aber der Polizeiinspektor schüttelt den Kopf.

»Sie müssen schwimmen, Rune, nicht zu Fuß durchs flache Wasser spazieren.«

»Aber das haben Sie doch selbst gesagt!«, versucht Rune sein Glück.

»Was habe ich gesagt?«

»*Auf die Plätze, fertig, und los geht's!*, haben Sie gesagt! Und genau das hab ich gemacht. Ich bin gegangen! Krieg ich jetzt mein Abzeichen?«

Der Polizeiinspektor antwortet wieder mit einem Kopfschütteln.

»Das heißt *Schwimm*abzeichen, Rune«, sagt er. »Nicht *Geh*abzeichen!«

Rune setzt sich enttäuscht neben Maja auf die Bank.

Da verstummt die Weihnachtsmusik und aus den Lautsprechern ist ein Knistern zu hören.

»Und jetzt, meine Damen und Herren ...

und Kinder …«, schallt Ellen Asps Stimme durch die Halle.

»Und Weihnachtsmänner!«, ruft der Weihnachtsmann.

»Und Weihnachtsmänner«, sagt Ellen Asp. »Es ist so weit. Der olympische Kunstspringer Racke Bolinder wird uns ein paar Sprünge vom Dreimeterbrett vorführen.«

Aus den Lautsprechern schallen Fanfarentöne und Racke betritt die Schwimmhalle. Die Zuschauer applaudieren, als Racke das Dreimeterbrett besteigt. Er geht bis an die vordere Kante und streckt die Arme über den Kopf.

»Aah!«, seufzt Ellen ins Mikrofon, das sie auszuschalten vergessen hat. Aber keiner achtet auf sie. Alle Augen sind auf den Mann auf dem Sprungbrett gerichtet.

»Lächerlich«, stöhnt die Bademeisterin Katja neben dem Polizeiinspektor. »Ich begreif wirklich nicht, was Ellen an dem so toll findet.«

Racke wippt eine Weile auf dem Sprungbrett auf und ab. Dann beginnt er zu hüpfen. Immer höher Richtung Hallendecke.

»Heja, Racke!«, ruft Ellen ins Mikrofon.

Und mit einem letzten Absprung fliegt er in einem hohen Bogen von dem Sprungbrett.

Er macht drei Luftrollen, ehe er kerzengerade im Wasser landet.

»Was für ein Sprung!«, sagt der Polizeiinspektor.

»Racke ist der Beste!«, jubelt Ellen.

Die Badegäste rufen begeistert Hurra und applaudieren, während sie warten, dass Racke wieder auftaucht.

»Was für ein Meister!«, ruft Ellen.

»Aber …«, sagt der Polizeiinspektor. »Wo ist denn der Meister? Er ist nicht mehr da!«

Es ist was Furchtbares passiert

»Da!«, sagt Maja und zeigt ins Wasser.

Aber das ist nur Racke Bolinders schwarze Badehose, die an die Oberfläche steigt.

»Nein, da!«, sagt Lasse und zeigt auf den Beckenrand, wo Racke gerade auftaucht.

»Geben Sie mir meine Badehose«, prustet der Kunstspringer.

Der Polizeiinspektor fischt die Badehose aus dem Wasser. Als er sie Racke reichen will, macht er eine Entdeckung.

»Schaut euch das an«, sagt er zu Lasse und Maja. »Das sieht aber verdächtig so aus, als hätte jemand das Gummiband zerschnitten.«

Da prustet die Bademeisterin Katja laut los.

»Irgendetwas sagt mir, dass Katja das Gummi von Rackes Badehose zerschnitten hat«, flüstert Maja Lasse zu.

VALLEBYBAD
VORSICHT! Rutsch-gefahr!
3
4
5

»Aber warum?«, flüstert Lasse zurück.

Der Weihnachtsmann huscht zu Racke und legt ein Päckchen an den Beckenrand.

»Meine Badehose!«, ruft Racke aus dem Becken. »Her mit meiner Badehose, damit ich aus dem Wasser kommen kann!«

»Das war das letzte Geschenk!«, sagt der Weihnachtsmann. »Jetzt muss ich heim zu meinen Wichteln.«

»Einen Augenblick bitte, Herr Weihnachtsmann«, sagt der Polizeiinspektor.

Der Weihnachtsmann schnappt sich den Geschenkesack, der nicht wirklich leer aussieht, findet Maja.

»Sie wollen doch nicht den Tanz um den Weihnachtsbaum verpassen?«, fragt der Polizeiinspektor.

Die anderen Badegäste applaudieren und der Weihnachtsmann stellt den Sack wieder ab.

»Dann wollen wir mal«, sagt der Polizeiinspektor. »Jetzt wird getanzt!«

Alle Gäste erheben sich von den beheizten Bänken.

»Mein Schwimmabzeichen ist weg!«, ruft Maja und sieht Rune Andersson streng an, der neben ihr gesessen hat. Aber Rune schüttelt den Kopf.

»Haben Sie mein Schwimmabzeichen genommen?«, fragt sie.

Rune schüttelt noch einmal den Kopf. Dann zeigt er auf seinen Hals und fährt mit dem Finger über die Lippen, als würde er einen Reißverschluss zuziehen.

»Was wollen Sie damit sagen?«, fragt Maja. »Ich weiß doch, wie gerne Sie ein Schwimmabzeichen hätten.«

BRAND MELDER
BRANDMELDER

Rune zeigt auf das Wasser und schüttelt sich, als würde er zittern. Dann zeigt er wieder auf seinen Hals.

»Er will uns sagen, dass er Halsschmerzen vom Baden hat«, vermutet Lasse. »Und dass er jetzt keine Stimme mehr hat.«

»Aber den Mund werden Sie ja wohl noch aufmachen können!«, sagt Maja. »Mund auf!«

Rune schüttelt hartnäckig den Kopf. Und dann verdreht er die Augen und stöhnt.

»Mir machen Sie nichts vor!«, schimpft Maja.

»Alle herkommen!«, ruft der Polizeiinspektor vom Weihnachtsbaum.

»Ich krieg die Wahrheit schon irgendwie raus«, flüstert Maja Rune wütend zu.

Der Polizeiinspektor steht am Weihnachtsbaum bereit und hält die Hand des Weihnachtsmannes in seiner.

»Wir fangen mit *Der rote Fuchs huscht übers Eis* an«, verkündet der Polizeiinspektor.

Weiter kommt er nicht, weil plötzlich ein lautes, schrilles Heulen durch die Schwimmhalle hallt. Ellen Asp kommt aus der Damenumkleide gerannt.

Katja, die Bademeisterin, stellt sich vor die Badegäste und stemmt die Hände in die Seiten. »Das ist der Brandmelder. Keiner rührt sich vom Fleck. Ich kümmere mich darum.«

Als sie an Ellen Asp vorbeiläuft, kneift sie ihr in die Wange.

Lasse, Maja und die anderen Badegäste halten sich die Ohren zu, bis der Feueralarm verstummt.

Kurz darauf kommt die Bademeisterin zurück in die Schwimmhalle. Sie bleibt an dem

Abfalleimer stehen und kratzt sich etwas von den Fingern. Alle Augenpaare sind auf sie gerichtet.

Lasse und Maja sehen, dass sie Tränen in den Augen hat.

»Das war falscher Alarm. Aber … es ist was Schreckliches passiert!«

Der Dieb befindet sich noch unter uns

»Jemand hat alle Schließfächer ausgeräumt«, berichtet Katja schluchzend.

»Oh nein, das darf doch nicht wahr sein«, stöhnt der Polizeiinspektor.

»Alle Schließfächer stehen offen und sind leer.«

»Verflixt und Doppelnaht!«, ruft der Polizeiinspektor. »Macht das Verbrechen denn nie Urlaub? Folgt mir!«

Alle Badegäste verlassen die Schwimmhalle. Nein, nicht wirklich alle.

»Meine Badehose!«, ruft Racke Bolinder hinter den anderen her.

»Geduld«, sagt der Polizeiinspektor über die Schulter. »Hier wurde ein Verbrechen begangen!«

Umkleide
DAMEN
Umkleide
HERREN
4
7
8
9
14
GEPASST!
14 UHR
acke Bolinder
Kunstsprung-
vorführung!

Lasse, Maja und der Polizeiinspektor ziehen sich in der Umkleide rasch was Warmes an und treffen sich bei den Schließfächern. Es ist wahr, was Katja gesagt hat. Alle Fächer sind offen und leer.

»Niemand verlässt das Gebäude, ehe der Dieb gefasst ist«, sagt der Polizeiinspektor.

»Es gibt keine Einbruchsspuren an den Fächern«, sagt Lasse. »Der Dieb muss den Generalschlüssel gehabt haben.«

»Und dieser Schlüssel ...«, ergänzt Maja, »hängt im Personalraum.«

Der Polizeiinspektor geht zur Eingangstür und rüttelt an der Klinke. »Abgeschlossen«, stellt er fest. »Mit anderen Worten ...«

»... der Dieb befindet sich noch unter uns«, sagt Maja und lässt den Blick über die Versammlung in der Eingangshalle schweifen.

Die Bewohner von Valleby finden das gar nicht komisch.

»Okay«, sagt Maja. »Irgendjemand hat sich aus der Schwimmhalle geschlichen, den Schlüssel aus dem Personalraum geklaut und alle Schließfächer geöffnet.«

»Als Ellen und Racke in die Schwimmhalle gekommen sind, waren dort alle versammelt«, fasst Lasse weiter zusammen.

»Lass uns nachdenken«, sagt Maja. »Wer hat danach die Schwimmhalle verlassen? Und wer hat Zugang zum Personalraum, wo der Generalschlüssel hängt?«

Der Polizeiinspektor kratzt sich am Kopf. Dann wendet er sich an die Bademeisterin.

»Sie haben die Schwimmhalle verlassen und einen Schlüssel zum Personalraum.«

»Ich?« Katja funkelt den Polizeiinspektor an.

»*Dann schließe ich mal die Eingangstür ab*, haben Sie gesagt. *Damit keiner unbemerkt hereinkommt*. Sie hätten ohne Weiteres die Schließfächer plündern können.«

»Ich soll …? Sie sind ja verrückt!«

»Und vielleicht schlauer, als Sie glauben«, antwortet der Polizeiinspektor.

Er kneift die Augen zu schmalen Schlitzen zusammen. »Schließen Sie die Tür zum Personalraum auf!«

Die Bademeisterin Katja folgt der Aufforderung des Polizeiinspektors.

»Und jetzt, im Namen des Gesetzes, öffnen Sie Ihren Schrank!«

Katja öffnet ihren Schrank. Lasse, Maja und der Polizeiinspektor werfen einen Blick hinein. Dort hängt eine Jacke und auf dem Boden stehen ein Paar Schuhe und ein Kerzenhalter mit einer Kerze drin. Von gestohlenen Wertsachen keine Spur.

Maja sieht sich den Kerzenhalter genauer an.

»Wieso steht die Kerze in Ihrem Schrank?«, fragt sie.

1
2
4
5
ON
OFF

Katja zögert, dann scheint ihr eine Antwort einzufallen. »Die habe ich vor ein paar Tagen für unsere Luciafeier gebraucht.«

Maja sieht sich die Kerze an. Sie ist rußig und das Wachs um den Docht ist noch weich.

»Hier ist das Diebesgut jedenfalls nicht«, sagt der Polizeiinspektor. »Hat sonst noch jemand die Schwimmhalle verlassen?«

Lasse und Maja wechseln einen Blick und kommen im selben Moment darauf:

»Der Weihnachtsmann!«

»Er ist direkt nach Katja rausgegangen«, sagt Lasse.

»Und der Geschenkesack war nicht leer«, ergänzt Maja. »Obwohl er kurz vorher gesagt hat, dass Racke Bolinder das letzte Geschenk bekommen hätte.«

Der Polizeiinspektor wirft einen Blick in die Eingangshalle und entdeckt den Weihnachtsmann, der sich in eine Ecke verdrückt hat.

»Weihnachtsmann, kommen Sie doch bitte mal her«, sagt der Polizeiinspektor. »Und bringen Sie den Sack mit!«

So ein Gauner!

»Wieso haben Sie die Schwimmhalle verlassen?«, fragt der Polizeiinspektor streng.

»Weil ich noch mehr Päckchen holen wollte«, druckst der Weihnachtsmann hinter seiner Maske.

Diese Stimme, denkt Maja, habe ich schon oft gehört. Aber wo denn nur?

»Und wo wollten Sie die Päckchen holen?«, fragt der Polizeiinspektor weiter.

»Aus der Werkstatt natürlich«, antwortet der Weihnachtsmann.

»Aus welcher Werkstatt?«, will der Polizeiinspektor wissen.

»Na, aus der Weihnachtswerkstatt. Was glauben Sie denn, wo die Weihnachtsgeschenke herkommen?«

Ob die Kreuze auf seiner Badehose was zu bedeuten haben?, denkt Maja.

Der Polizeiinspektor schaut Hilfe suchend zu Lasse und Maja. Lasse übernimmt.

»Was ist in dem Sack?«

»Nichts«, antwortet der Weihnachtsmann eilig.

»Drehen Sie den Sack um und schütten Sie ihn aus«, fordert Lasse ihn auf.

Der Weihnachtsmann zögert, aber dann schüttelt er den Sack aus.

Ich habe ein Bild mit einem Vogel auf einer Wolke bekommen, denkt Maja weiter nach. Und als Ellen verkündet hat, dass Racke Bolinder angekommen ist, hat der Weihnachtsmann *Endlich* gerufen. Und noch etwas anderes.

»Ordentlich schütteln«, sagt Lasse bestimmt.

Da fällt etwas mit einem Scheppern aus dem Sack vor die Füße des Polizeiinspektors. Eine Schere.

»Was macht denn eine Schere in dem Sack?«, fragt Lasse verdutzt.

»Die … die …«, stammelt der Weihnachtsmann. »Die hab ich mitgenommen, falls sie jemand zum Öffnen seines Weihnachtsgeschenkes braucht.«

Halleluja hat er noch gerufen, denkt Maja. Ja, genau. *Halleluja.* Jetzt weiß sie, wer sich hinter der Maske versteckt!

»Ich glaube, dass Sie lügen«, sagt Lasse.

»Nein«, protestiert der Weihnachtsmann.

»In der Bibel steht«, sagt Maja, »dass man nicht lügen darf.«

»Äh …«, stammelt der Weihnachtsmann.

»Nehmen Sie die Maske ab, Pastor«, sagt Maja.

»Pastor?«, fragt der Polizeiinspektor.

Der Weihnachtsmann nimmt seine Maske ab.

»So ein Gauner!«, stöhnt der Polizeiinspektor, als er das schweißnasse Gesicht des Pastors sieht.

»Ohne seine schwarze Soutane ist er nicht wiederzuerkennen«, sagt Maja.

»Und mit Sandalen im tiefsten Winter«, sagt Lasse.

»Wie Jesus«, sagt der Pastor.

»Was?«, fragt der Polizeiinspektor.

»Jesus hat auch Sandalen getragen«, erklärt der Pastor. »Sandalen und langes Haar. Und vermutlich hatte er auch einen Bart. Das weiß man nicht so genau.«

»Einen Bart?«, fragt der Polizeiinspektor.

»Ja, aber das weiß man nicht so genau«, wiederholt der Pastor voller Ernst.

»Einen Bart wie Racke Bolinder?«, fragt Lasse.

Da zuckt der Pastor zusammen. Lasse, Maja und der Polizeiinspektor sehen, wie er vor Zorn zittert. Und in dem Moment versteht Lasse, wie alles zusammenhängt!

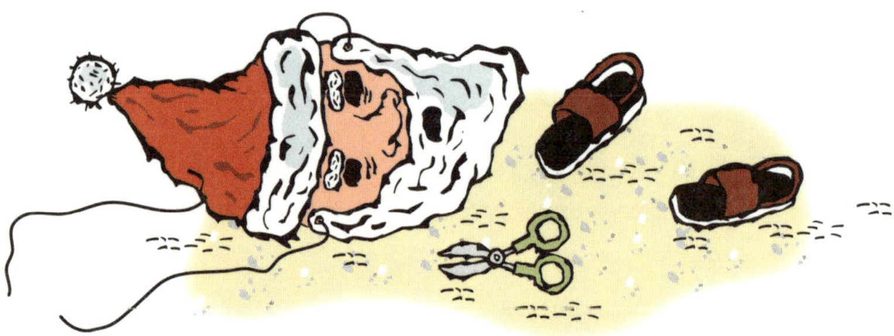

Kann ich jetzt nach Hause?

»Sie haben das Gummi von Rackes Badehose zerschnitten, stimmt's?«, fragt Lasse.

Der Pastor antwortet nicht.

»Sie sind hinter der Bademeisterin Katja hergeschlichen, als sie die Schwimmhalle verlassen hat«, fährt Lasse fort.

Der Pastor zieht beschämt seine Badehose hoch.

»Ich wollte eigentlich gar nicht Rackes Badehose zerschneiden«, murmelt der Pastor.

»Aha«, sagt der Polizeiinspektor. »Und was wollten Sie stattdessen zerschneiden?«

»Diese schrecklichen Postkarten, die an der Scheibe vom Kassenschalter kleben«, gesteht der Pastor.

»Die Fan-Postkarten von Racke?«, fragt Maja erstaunt. »Warum das denn?«

»Weil Weihnachten ist«, antwortet der Pastor.

»Da kann ich gerade nicht ganz folgen«, sagt der Polizeiinspektor. »Was hat das mit Weihnachten zu tun?«

»Weihnachten feiern wir die Geburt von Jesus«, sagt der Pastor empört. »Und nicht, dass irgendein Kunstspringer in die Stadt kommt.«

»Und da haben Sie entdeckt, dass die Tür zum Personalraum offen stand?«, fragt Lasse.

Der Pastor nickt.

»Ich habe gesehen, wie die Bademeisterin da drüben eine Kerze angezündet hat«, sagt der Pastor und zeigt zu dem Tisch.

»Eine Kerze?«, fragt Maja nach.

»Ja, eine hübsche Kerze in einem Kerzenständer. Und dann hat sie eine rote Serviette um die Kerze geknotet, hübsch weihnachtlich.«

»Und da haben Sie Rackes Badehose dort liegen sehen?«, fragt der Polizeiinspektor.

»Ich habe eine Tasche auf einem Stuhl gesehen«, erklärt der Pastor. »Und da bin ich auf leisen Sohlen in den Raum geschlichen, um mir das genauer anzusehen. *Racke Bolinder – Kunstspringer*, stand auf der Tasche. Na ja, als dann die Bademeisterin den Raum verließ, habe ich mich hinter einer offenen Spindtür unsichtbar gemacht.«

»Eins versteh ich nicht«, sagt Lasse. »Wieso haben Sie *Halleluja* gerufen, als Racke die Schwimmhalle betreten hat?«

»Ich rufe immer *Halleluja*, wenn ich mich freue«, sagt der Pastor.

»Das hat Sie gefreut?«, fragt der Polizeiinspektor verwirrt.

»Ja, ich habe mich über das Kommen des Kunstspringers gefreut, weil ich so für Jesus kämpfen konnte.«

»Aha«, sagt der Polizeiinspektor, aber man hört ihm an, dass er den Gedankengang des Pastors nicht nachvollziehen kann.

»Damit wären wir wieder zurück am Start«, sagt Lasse mit einem tiefen Seufzer. »Wir wissen gar nichts.«

Maja denkt über die Kerze nach, die Katja angezündet hat.

»Kann ich jetzt nach Hause gehen?«, fragt der Pastor.

»Ja, ich denke schon«, sagt der Polizeiinspektor. »Wir scheinen uns gründlich festgefahren zu haben. Was für ein Tag! Diebstahl, zerschnittene Badehosen und Feueralarm. Wo soll das noch hinführen?«

»Feueralarm … Moment!«, ruft plötzlich Maja. »Ich glaube, ich weiß, was passiert ist!«

Ja, ja, ja! Ich gebe alles zu!

Der Polizeiinspektor und die übrigen Anwesenden schauen Maja an.

»Brannte die Kerze noch, als Sie den Raum verlassen haben?«, fragt Maja den Pastor.

»Ja, sie hat gebrannt«, antwortet der Pastor, ohne zu zögern.

»Sind Sie sicher?«, fragt Maja. »Dann weiß ich nämlich, wer der Dieb ist.«

»Ganz sicher«, antwortet der Pastor. »Weil ich mich nämlich vor die Kerze gekniet und ein Gebet gesprochen habe, ehe ich den Raum verlassen habe.«

»Und Sie sind wirklich *absolut* sicher?«, fragt Maja noch einmal.

»Ich habe zu Gott gebetet, dass Racke Bolinder beim Sprung ins Wasser seine Badehose verliert«, erklärt der Pastor.

»Dann weiß ich, wer der Dieb ist!«, sagt Maja noch einmal und lacht.

»Woher weißt du das?«, fragen der Polizeiinspektor und Lasse wie aus einem Mund.

»Die Bademeisterin Katja!«, sagt Maja.

»Das ist ja wohl eine Unverschämtheit!«, ruft Katja.

»Ich zeig euch was«, sagt Maja.

Sie nimmt den Kerzenständer und stellt ihn auf den Tisch, schaut sich um und entdeckt einen Stapel rote Servietten. Eine davon knotet sie um die Kerze.

»Was glaubt ihr, passiert, wenn ich die Kerze anzünde?«, fragt Maja.

»Irgendwann fängt die Serviette an zu brennen«, sagt Lasse.

»Und was passiert dann?«, fragt Maja weiter und zeigt an der Stelle an die Decke, wo die Kerze steht.

Dort hängt ein blinkender Feuermelder.

»Donnerlittchen, Maja!«, sagt der Polizeiinspektor. »Du hast den Fall gelöst!«

»Und ich bin sicher«, sagt Maja, »dass wir im Abfalleimer in der Schwimmhalle Wachsreste finden, die Katja sich vom Finger gepult hat, nachdem sie den Alarm ausgestellt und das Feuer gelöscht hat.«

»Her mit dem Diebesgut, aber ganz flott!«, sagt der Polizeiinspektor und stemmt die Hände in die Seiten.

Er macht einen Schritt auf die Bademeisterin zu.

»Ja, ja, ja!«, schreit sie. »Ich gestehe alles! Ich habe die Kerze angezündet und die Serviette darumgeknotet, um den Feueralarm auszulösen.«

»Her mit dem Diebesgut«, sagt der Polizeiinspektor noch ein bisschen lauter als vorher.

»Ich habe kein Diebesgut!«

»Aber ...«, sagt Maja. »Warum haben Sie dann den Feueralarm ausgelöst?«

»Weil ...«

»Ich höre!«, sagt der Polizeiinspektor.

»Weil ich jemanden beeindrucken wollte ...«

»Ellen«, sagt Lasse. »Stimmt's?«

Katja wird rot.

»*Ich weiß nicht, was Racke Bolinder hier verloren hat*«, wiederholt Lasse die Worte der Bademeisterin. »*Keine Ahnung, was Ellen an diesem Angeber findet.*«

»Das war dumm«, gibt die Bademeisterin zu. »Aber ich liebe sie nun mal.«

»So was tut man doch nicht, wenn man jemanden liebt!«, sagt der Polizeiinspektor. »Feueralarm auslösen ... Das ist mir ja noch nie untergekommen.«

»Ich weiß, das war keine gute Idee«, flüstert Katja und starrt auf den Boden.

»Dann bleibt nur noch eine Person«, sagt Lasse.

»Ellen«, sagt Maja. »Aber was für ein Motiv hat sie, die Schließfächer zu plündern?«

Der Polizeiinspektor geht zu Ellens Spind und öffnet ihn. Dann steht ein Karton. Der Polizeiinspektor nimmt ihn heraus.

»Ich könnte mir vorstellen, dass die Antwort auf all unsere Fragen in diesem Karton zu finden ist«, sagt er.

Da stößt Ellen Asp den Polizeiinspektor plötzlich ruppig gegen die Brust und entreißt ihm den Karton.

»Sofort her damit!«, ruft sie. »Der gehört mir!«

Den Karton an sich gedrückt rennt sie aus dem Personalraum.

Der Polizeiinspektor sitzt baff auf seinen vier Buchstaben.

»Im Namen des Gesetzes!«, ruft er. »Haltet sie auf!«

Ein hübscher Fang

An der Eingangstür steht Rune und versucht einem Badegast zu erklären, dass er keine Stimme hat. Stumm zeigt er auf seinen Hals und seinen Mund.

»Haltet den Dieb!«, ruft Lasse.

Rune fährt erschrocken herum, kann aber nicht mehr rechtzeitig ausweichen. Ellen Asp rennt direkt in ihn hinein.

Rune hustet und aus seinem Mund fliegt in hohem Bogen … Majas Schwimmabzeichen!

»Hab ich's doch gewusst!«, ruft Maja.

Ellen lässt die Kiste fallen und der Deckel geht auf. Lasse ist als Erster bei dem Karton und wirft einen Blick hinein.

Als er sieht, was darin liegt, schüttelt er den Kopf.

»Ein Haufen Briefe!«, sagt er enttäuscht.

Der Polizeiinspektor kommt angelaufen. Er massiert seinen Bauch.

»Das war ein echter Magenstüber«, sagt er.

Er klingt ziemlich beeindruckt.

»Nun wollen wir doch mal sehen, was Ellen so gerne vor uns verstecken möchte«, fährt er fort.

Leise stöhnend bückt sich der Polizeiinspektor und hebt den ersten Brief auf.

»*An meine liebste Ellen – die ich den ganzen Abend liebe*«, liest er.

»Unterstehen Sie sich!«, faucht Ellen ihn an.

»Interessant«, sagt der Polizeiinspektor anerkennend und lässt sich nicht von Ellens funkelnden Blicken beeindrucken.

Er liest einfach weiter:

»*Wenn du mich auch liebst, mein Täubchen, dann fliegst du mit mir nach Hawaii.*

Ich komme am ersten Weihnachtstag nach Valleby.

Bei meiner Vorführung schnappst du dir das Mikrofon, feuerst mich an und erzählst allen, wie fantastisch ich bin. Währenddessen gehst du raus zu den Schließfächern und räumst sie aus. Die Badegäste werden nur Augen für mich und meine Sprünge haben und nicht merken, dass du die Schwimmhalle verlässt, weil sie ja die ganze Zeit deine Stimme aus den Lautsprechern hören.

Ganz schön clever, ich muss schon sagen«, sagt der Polizeiinspektor und liest weiter.

»Pack die Sachen in meine Sporttasche und bringe sie raus in mein Auto. Den Schlüssel gebe ich dir, sobald ich in Valleby bin. Wenn du die Wertsachen in meinem Auto verstaut hast, leg den Schlüssel auf den linken Vorderreifen. Sobald die Vorführung vorbei ist, fliegen wir beide nach Hawaii, mein Täubchen. Dein geliebter Racke.«

»Ich habe mir gleich gedacht, dass er ein Gauner ist«, sagt Katja und will Ellen den Arm um die Schulter legen.

Preis-
Liste
25
25
40
55
45
60
70
22
10
AUFGEPASST!
14 UHR
Racke Bolinder
Kunstsprung-
vorführung!

Aber Ellen schüttelt den Arm ab.

»Wenn ihr mich nicht aufgehalten hättet, wären Racke und ich jetzt auf dem Weg nach Hawaii!«, faucht sie.

»Ich bin mir nicht sicher, ob Racke wirklich vorhatte, Sie mitzunehmen«, sagt Maja.

»Natürlich«, sagt Ellen.

»Wir können ihn ja fragen«, sagt der Polizeiinspektor. »Ich nehme an, er planscht immer noch im Becken herum.«

»Racke würde mich nie im Stich lassen!«, schimpft Ellen trotzig. »Wir schreiben uns nun schon mehrere Monate Briefe. Er interessiert sich wirklich für meine Arbeit im Hallenbad. Er hat mir tausend Fragen gestellt.«

Lasse und Maja tauschen Blicke und ziehen die Augenbrauen hoch.

»Kommt!«, sagt der Polizeiinspektor. »Jetzt wollen wir einen ganz besonders hübschen Fang machen.«

Jetzt ist Eile angesagt

Lasse, Maja und die anderen laufen in die Schwimmhalle, um Racke Bolinder zu schnappen.

Aber er ist nicht dort!

»Im Becken ist er nicht mehr!«, sagt Lasse.

»Da!«, sagt Maja und zeigt zu einem offenen Fenster.

»Er ist abgehauen«, sagt der Polizeiinspektor.

»Racke!«, ruft Ellen verzweifelt.

Ihrer Stimme ist anzuhören, wie wütend und enttäuscht sie ist.

»Lasse, Maja, folgt mir! Jetzt ist Eile angesagt«, ruft der Polizeiinspektor und klettert aus dem Fenster.

Im Schnee vor der Schwimmhalle sind deutlich Spuren von nackten Füßen zu sehen.

SIM 329
Kunstspringer

Die Spur führt um das Gebäude herum auf den Parkplatz. Es dauert nicht lange, bis sie Racke Bolinder entdecken.

Er hat sich eine Plastiktüte als Badehose übergezogen und versucht, den Schlüssel ins Schloss zu kriegen. Aber er zittert so heftig, dass er das Loch nicht trifft.

Der Polizeiinspektor schnappt ihm den Schlüssel aus der Hand, schließt das Auto auf und nimmt Rackes Sporttasche an sich.

»Wenn ich nun den Herrn Kunstspringer bitten dürfte, mir zu folgen«, sagt er und fasst Racke fest an der Schulter.

Kaum dass Racke die Schwimmhalle betritt, wirft Ellen ihm einen Stapel Briefe an den Kopf.

Balsam
200 ml
Seife
150 ml

»Das hätte ich nicht von dir gedacht, Racke!«, sagt sie schluchzend.

»Komm her, meine Taube«, sagt Katja. »Du kannst dich bei mir ausweinen.«

Während der Polizeiinspektor alle Uhren, Handys und Portemonnaies an die wartenden Badegäste zurückgibt, gestattet er Racke Bolinder fünfzehn Minuten zum Aufwärmen in der Sauna.

Danach begleitet er den Kunstspringer Racke Bolinder und die Kassiererin Ellen Asp zur Polizeistation.

Und am folgenden Tag können die Bewohner von Valleby in ihrer Zeitung lesen:

SVERIGE
TRESKILL
VB
Valleby-Blatt
Kunstspringender Heiratsschwindler endlich festgenommen
Anmeldung
SCHWIMMSCHULE
Frühjahr
Name
Adresse
Valleby Philaterie
Alles um die Briefmarke

Kunstspringender Heiratsschwindler

Endlich festgenommen

Gestern wurde in Vallebys Hallenbad ein durchtriebener Betrüger dingfest gemacht. Es handelt sich um einen gewissen Racke Bolinder, der durch List und eifriges Flirten die Kassiererin Ellen Asp zum Diebstahl verführt hat.

Unser Reporter vom Valleby-Blatt hat herausgefunden, dass Racke Bolinder schon seit einigen Jahren liebeskranke Frauen dazu überredet hat, für ihn zu stehlen.

Der Polizeiinspektor berichtet direkt aus dem Gefängnis, dass Racke Bolinder sich eine Erkältung eingefangen hat. Aber das ist nicht sein größtes Problem, sondern die Tatsache, dass Ellen Asp, die in der Nachbarzelle sitzt, ununterbrochen auf ihn einschimpft.

Der Reporter vom Valleby-Blatt musste sich nach dem Eintreffen in der Schwimmhalle ziemlich lange gedulden, um die Hauptpersonen Lasse und Maja zu interviewen. Der Portier aus dem Stadthotel, Rune Andersson, wollte Maja vor Dankbarkeit gar nicht wieder loslassen, weil sie ihm ein funkelnagelneues Schwimmabzeichen geschenkt hat.

»Das ist das allerschönste Abzeichen in meiner ganzen Sammlung«, lässt Rune glücklich grüßen.

– VB –

Das Detektiv-Handbuch
Sonderband
ISBN 978-3-7641-5192-8

Das Schulgeheimnis
Band 1
ISBN 978-3-7641-5041-9

Das Mumiengeheimnis
Band 2
ISBN 978-3-7641-5107-2

Das Diamantengeheimnis
Band 3
ISBN 978-3-7641-5074-7

Das Tiergeheimnis
Band 4
ISBN 978-3-7641-5076-1

Das Caféeheimnis
Band 5
ISBN 978-3-7641-5047-1

Das Zirkusgeheimnis
Band 6
ISBN 978-3-7641-5046-4

Das Zeitungsgeheimnis
Band 7
ISBN 978-3-7641-5069-3

Das Campinggeheimnis
Band 8
ISBN 978-3-7641-5067-9

Das Kinogeheimnis
Band 9
ISBN 978-3-7641-5040-2

Das Goldgeheimnis
Band 10
ISBN 978-3-7641-5217-8

Das Fußballgeheimnis
Band 11
ISBN 978-3-7641-5042-6

Das Bibliotheksgeh.
Band 12
ISBN 978-3-7641-5075-4

Das Galoppgeheimnis
Band 13
ISBN 978-3-7641-5048-8

Das Eisenbahngeheimnis
Band 14
ISBN 978-3-7641-5049-5

Das Liebesgeheimnis
Band 15
ISBN 978-3-8000-5674-3

Das Safrangeheimnis
Band 16
ISBN 978-3-7641-5006-8

Das Krankenhausgeh.
Band 17
ISBN 978-3-7641-5007-5

Das Kirchengeheimnis
Band 18
ISBN 978-3-7641-5024-2

Das Hotelgeheimnis
Band 19
ISBN 978-3-7641-5038-9

Das Geburtstagsgeh.
Band 20
ISBN 978-3-7641-5057-0

Das Schwimmbadgeh.
Band 21
ISBN 978-3-7641-5070-9

Das Fahrradgeheimnis
Band 22
ISBN 978-3-7641-5084-6

Das Feuerwehrgeheimnis
Band 23
ISBN 978-3-7641-5099-0

Das Gefängnisgeheimnis
Band 24
ISBN 978-3-7641-5108-9

Das Katzengeheimnis
Band 25
ISBN 978-3-7641-5125-6

Das Feriengeheimnis
Band 26
ISBN 978-3-7641-5139-3

Das Schlossgeheimnis
Band 27
ISBN 978-3-7641-5145-4

Das Sommergeheimnis
Band 28
ISBN 978-3-7641-5167-6

Das Wikingergeheimnis
Band 29
ISBN 978-3-7641-5171-3

Das Filmgeheimnis
Band 30
ISBN 978-3-7641-5200-0

Das Sportlergeheimnis
Band 31
ISBN 978-3-7641-5206-2

Detektivbüro LasseMaja

Martin Widmark
ist in Linköping, Schweden, aufgewachsen und lebt heute in Stockholm. Er ist ein begeisterter Fußballspieler und fasziniert von Essen, Sprachen, Menschen und Musik.
10 Jahre lang war er Lehrer für die Mittelstufe, jetzt unterrichtet er Schwedisch für Einwanderer an der Volkshochschule. Außer Detektivbüro LasseMaja schreibt er weitere Kinderbuchserien, Kinderlieder und Lernhilfen.

Helena Willis,
geboren 1964 in Stockholm, lebt heute mit ihrem Mann und zwei Töchtern in der Nähe von Stockholm. Sie arbeitet als freie Illustratorin, seit sie 1991 das Beckmans College of Design abschloss. Helena Willis sagt, sie habe den besten Job der Welt: »Ich darf den ganzen Tag spielen, aber ich muss mich auch darauf konzentrieren, alle Aufgaben zeitgerecht zu lösen.«